Eugène TAVERNIER

Le Modernisme

PARIS

ANCIENNE LIBRAIRIE POUSSIELGUE

J. DE GIGORD, Éditeur

RUE CASSETTE, 15

1912

Prix : 25 c.

PUBLICATIONS DE LA SOCIÉTÉ BIBLIOGRAPHIQUE

Eugène TAVERNIER

Le Modernisme

PARIS

ANCIENNE LIBRAIRIE POUSSIELGUE

J. DE GIGORD, Éditeur

RUE CASSETTE, 15

1912

Nº 4   Prix : 25 c.

NIHIL OBSTAT

O. Roland GOSSELIN,

IMPRIMATUR

Parisiis, die 5 julii 1912.

J. LAPALME,
ch. v. g.

LE MODERNISME

I

La mode philosophique et religieuse.

Chaque époque a son modernisme, c'est-à-dire un engouement, plus ou moins fort, pour quelque idée nouvelle. Toujours on souhaite du nouveau. On s'en éprend dès qu'il apparaît. On le met à la mode. La mode a son influence sur les idées ainsi que sur les vêtements et sur les usages. Or, les hérésies sont des nouveautés. De là vient une partie de l'attrait et de la séduction qu'elles exercent.

Aujourd'hui, ce caractère de l'hérésie est accentué avec une ampleur et une force extraordinaires. Ce n'est pas seulement une idée quelconque qui prend la vogue et qui se trouve honorée comme un grand progrès et comme une conquête précieuse : c'est toute une collection d'idées mises à la mode par l'esprit moderne. Des chrétiens s'en ressentent; et ils s'habituent à confondre parfois leur religion avec cet esprit-là.

Pourtant, l'esprit moderne, qu'est-ce qu'il enseigne ? Des choses très différentes les unes des autres, et toutes ensemble très opposées à la doctrine catholique. Mais surtout il enseigne que la raison humaine est incapable de démontrer l'existence de Dieu.

Alors, les uns concluent qu'il n'y a pas de Dieu ; puisque, s'il existait, la raison le découvrirait. Voilà ceux qu'on appelle communément les athées. Très nombreux aujourd'hui, ils sont très fiers de posséder une doctrine qui, disent-ils, délivre l'humanité d'une vieille superstition et d'une injustifiable dépendance.

D'autres disciples de l'esprit moderne, nombreux aussi, ne jugent pas nécessaire ou convenable de se déclarer athées ; mais ils font le silence sur l'idée de Dieu. Comme les athées résolus, ces modernistes modérés sont persuadés que la raison ne prouve pas l'existence d'un Créateur ; seulement, au lieu de déclarer qu'il n'y a pas de Dieu, ils assurent qu'on peut très bien se dispenser d'avoir une opinion sur ce sujet. Ils laissent Dieu à l'écart et se passent de lui. Ils désirent que leur exemple soit imité ; et ils établissent volontiers des lois pour habituer la société nouvelle à penser et à se conduire comme eux.

 Ainsi, les athées résolus expulsent Dieu, tandis que les modernistes modérés se contentent de l'oublier et de le faire oublier ; mais les uns et les autres s'accordent à dire que la raison ne le connaît pas.

En outre, ils se mettent facilement d'accord sur la conclusion à tirer de leur faux principe. Puisque la personne humaine se passe de Dieu, c'est à la personne humaine de prendre le rôle que Dieu remplissait jusqu'à présent. Il n'y a plus qu'elle qui rende des oracles ! Elle est souveraine. Ce merveilleux accroissement de prestige, elle le doit à l'esprit moderne. Aussi se montre-t-elle très reconnaissante envers cet esprit moderne, dont elle célèbre avec enthousiasme les incomparables services. En effet, il se glorifie surtout d'avoir immensément élevé la dignité de la personne humaine.

Comment une pareille manière de penser et d'agir a-t-elle pu influencer des catholiques, eux dont la foi affirme d'abord l'existence du Dieu personnel, vivant, créateur et législateur, maître d'une Providence universelle ? A première vue, un tel égarement paraît tout à fait invraisemblable, et même impossible. Pourtant, l'étrange phénomène s'est produit.

Cette idée que la raison est incapable de démontrer l'existence de Dieu, cette idée si fausse et si désastreuse, s'est répandue jusqu'à pénétrer même dans le monde catholique. Là, durant un siècle, peu à peu d'abord, puis abondamment, on a vu des hommes cultivés se laisser impressionner par une erreur fondamentale. Ils étaient bien attachés à leur croyance, cependant ; mais ils se persuadaient que la philosophie nouvelle avait réalisé une conquête définitive, à laquelle tout le monde était forcé de se résigner. Eux aussi, pleins de foi en Dieu, affirmèrent à leur tour que l'existence de la Divinité ne peut être prouvée par aucun raisonnement. Ils jugeaient nécessaire de sacrifier les droits si précieux reconnus jadis à l'intelligence humaine. Ils prenaient le sophisme pour un principe certain, devant lequel on devait s'incliner, comme devant une vérité devenue incontestable.

Ils prétendaient et croyaient agir dans l'intérêt de

la foi, puisque la foi ne saurait se servir d'autre chose que de la vérité. Pour supprimer d'avance tout conflit entre la foi et la raison, ils décidaient que les intérêts de l'une n'avaient plus rien de commun avec les préoccupations de l'autre. La raison ne connaissait plus Dieu : eh bien! soit : la foi se chargeait à elle toute seule de le faire connaître, aimer, servir. La foi prenait à son compte tout ce que la raison abandonnait. La foi s'enrichissait. En outre, n'ayant plus rien à débattre avec la raison, elle devenait complètement libre et elle allait voir son prestige s'augmenter. Quel précieux avantage!

Jusqu'à l'Encyclique *Pascendi* (8 septembre 1907), certains catholiques ont nourri la même trompeuse espérance. Il y avait dans leurs rangs bien des hommes distingués par le savoir, par la vertu, par le talent. Le prestige du sophisme les égarait. Il en égare encore plus d'un.

Dans cette illusion, on pouvait et on peut toujours, assez fréquemment, remarquer le désir de mettre la religion d'accord avec les idées en faveur, c'est-à-dire avec la mode.

Beaucoup de catholiques souhaitent de relever, aux yeux du monde, le prestige de leur croyance. Ils ne se résignent pas à la voir traitée comme une chose dont la valeur se serait usée peu à peu et qui se trouverait confondue avec les ruines du passé. Ils veulent prouver que la foi mérite aujourd'hui le même respect que dans les temps anciens et qu'elle a toujours sa place à occuper et son rôle à remplir parmi les grandes affaires de notre temps. Aujourd'hui, c'est la raison unie à la science qui donne le prestige : donc, les catholiques conciliateurs travaillent à préparer un rapprochement entre l'esprit moderne et la foi éternelle. Ils se persuadent que, si les deux puissances rivales pouvaient enfin cesser d'être en conflit, l'ascendant de l'une profiterait à l'autre.

Voilà une intention louable; mais elle risque de ne servir à rien et aussi de devenir très nuisible.

Et précisément, le double inconvénient se manifeste.

L'accord rêvé avec la raison libre penseuse ne se réalise pas du tout; au contraire. Et les motifs de cet échec sont très simples.

Notre foi parle d'abord de Dieu. Or, c'est de Dieu surtout que l'esprit moderne ne veut pas. Dans ces conditions, nous avons beau montrer l'importance historique et la beauté morale de la religion. L'adversaire répond que la religion repose sur une fausseté, et qu'une fausseté, même longtemps bienfaisante, ne mérite pas d'être conservée. Il n'y a pas de bienfaits qui puissent justifier le maintien d'une erreur. Puisque l'esprit moderne s'est délivré de Dieu, il continuera de repousser la religion, la foi et n'importe quelle doctrine qui proclame la souveraineté de Dieu sur l'homme. Telle est la disposition, tel est le ferme propos de nos adversaires. On s'en rend compte dès que surgit, entre un croyant et un libre penseur, la discussion provoquée par la politique du jour. Depuis trente années, quand la question des écoles est mise sur le tapis, c'est surtout au sujet des droits de Dieu. Les athées, si nombreux et si puissants aujourd'hui, méprisent la religion parce que celle-ci rend hommage au Créateur. Selon eux, le Créateur est un tyran imaginaire, que la raison a expulsé. On doit donc, d'abord, leur expliquer que la raison prouve Dieu. Sinon, on n'a aucun moyen de les décider à respecter la religion, puisque celle-ci glorifie le Dieu dont ils ont horreur.

Les autres incrédules, les simples sceptiques, ne sont pas moins obstinés, au fond. Sans déclamer contre la religion, ils se passent d'elle, comme d'une illusion, pour eux dissipée. Dédaigneux de la foi, ils la sacrifient volontiers, préoccupés seulement de la mettre à l'écart sans employer aucun procédé brutal ou rigoureux. Ils souhaitent qu'elle disparaisse et qu'elle s'éteigne sans secousse, comme une force épuisée. Ceux-là aussi sont très indifférents à ce qu'on peut leur dire en faveur de la foi, puisque Dieu, objet de cette foi, ne représente plus à leurs yeux qu'un souvenir trompeur et humiliant, dont la raison humaine s'est détachée et délivrée.

Le modernisme ne donne pas non plus l'équilibre et le réconfort aux âmes inquiètes quoique bien disposées, c'est-à-dire à celles dont la raison est vide de l'idée de Dieu et qui ont cependant conservé le goût de la foi. Comme le dit M. l'abbé Lebreton : « Quand l'esprit ne croit plus, comment l'âme pourrait-elle prier encore[1] ? »

Donc, près des sectaires, près des indifférents, près des cœurs inquiets, rien à gagner, si on ne se sert que des sentiments.

En outre, tout à perdre pour la vérité doctrinale. Le sentiment est une force incertaine, variable, prompte à s'égarer, à défaillir et aussi à s'exaspérer. Quand il admet qu'il est obligé de compter avec la

1. *L'Encyclique et la théologie moderniste.*

raison, on a déjà bien assez de peine à lui faire entendre... raison. Or, le voilà devenu souverain; et il commande même à la raison! Muni d'un tel pouvoir, n'aura-t-il pas la tentation d'envahir le domaine de l'autorité religieuse? Oui. Il suggère de nouvelles prétentions déréglées.

Ce sont ces sophismes et cette confusion que l'Encyclique *Pascendi* a signalés, dénoncés, condamnés, en restaurant les lois de la raison et les règles de la foi. La lettre pontificale a projeté une lumière qui a fait tressaillir même les plus obstinés et les plus ingénieux sectateurs de l'esprit moderne. Le journal *Le Temps*, qui ne veut pas désarmer, a tout de suite constaté la grande valeur de l'Encyclique au triple point de vue de la logique, de l'élévation et de la précision. Le 18 septembre 1907, le *Temps* avouait que ce document est « un morceau tout à fait remarquable de critique et de polémique »; et il y reconnaissait « une analyse *admirablement intelligente et claire* » des doctrines condamnées. En effet, tous les aspects du modernisme y sont exposés, depuis l'erreur du début jusqu'aux diverses conséquences actuelles et futures. Essayons de noter les principales de ces conséquences, en suivant l'admirable Encyclique, à laquelle l'adversaire lui-même a rendu hommage.

II

Immanence. — Évolution. — Expérience.

L'esprit moderne installe l'homme à la place de Dieu. Évidemment, des chrétiens ne peuvent admettre sans réserve cette substitution sacrilège et absurde. Pourtant, ceux qui veulent utiliser les théories nouvelles en arrivent à exagérer extrêmement le rôle de l'humanité. Ils y sont d'autant plus enclins qu'ils font dépendre la foi du sentiment tout seul, lequel est toujours prêt à se donner les règles qui lui plaisent.

D'après les modernistes chrétiens, le sentiment devient une sorte de révélation, dont l'origine se trouve dans les profondeurs de notre nature. Au fond de nous-mêmes et aussi dans tout notre être, il y aurait une multitude de tendances, de besoins et d'instincts qui nous instruiraient sûrement de ce que nous devons penser et de ce que nous devons croire. Nous serions tout imprégnés d'aspirations religieuses. Elles feraient partie de notre vie; et Dieu serait en nous comme notre vie elle-même. C'est ce qu'on appelle l'*immanence* (*in*, dans; *manere*, demeurer). Nos instincts se confondraient plus ou moins avec l'impulsion divine, peut-être même avec l'essence divine.

Ainsi éclairés, assistés et, en quelque sorte, inspirés, les modernistes chrétiens expliquent en quoi consiste la religion, d'où elle vient et comment elle s'est organisée. Ils la décrivent, non pas telle qu'elle est, mais telle qu'ils la conçoivent et l'imaginent, telle qu'ils l'auraient faite eux-mêmes. Ils la montrent se formant dans la conscience de Jésus-Christ comme elle se serait formée dans leur propre conscience, c'est-à-dire à la manière d'un sentiment tout naturel et grâce à la précieuse immanence vitale. Au lieu d'être éclairée et corrigée par la foi, la nature humaine expliquerait et rectifierait les enseignements de la foi. L'intelligence, bien qu'elle soit incapable de prouver que Dieu existe, servirait cependant à contrôler, à interpréter et à redresser l'histoire religieuse et les dogmes. L'intelligence aiderait le sentiment. De quelle manière ? « A la façon d'un peintre, qui, sur une toile vieillie, retrouverait et ferait reparaître les lignes effacées du dessin. » Telle est à peu près « la comparaison fournie par l'un des maîtres du modernisme », dit l'Encyclique. Un peu auparavant, l'Encyclique constate que la religion catholique est mise entièrement « sur le pied des autres » ; et le Souverain Pontife ajoute : « Ce ne sont point les incrédules seuls qui profèrent de telles témérités : ce sont des catholiques, ce sont des prêtres même, et nombreux, qui les publient avec ostentation. Et dire qu'ils se targuent, avec de telles insanités, de rénover l'Église !... En l'homme qui est Jésus-Christ, aussi bien qu'en nous, notre sainte religion n'est autre chose qu'un fruit propre et spontané de la nature ! »

Selon les circonstances, les dogmes se modifieraient dans la forme et dans le fond, puisqu'ils s'appuient sur le sentiment, et puisque celui-ci est de nature changeante. Ce qui a été vrai pendant des siècles pourrait ne plus l'être aujourd'hui ou demain. Il y aurait des croyances qui disparaîtraient et d'autres qui surgiraient pour les remplacer. Les formules dogmatiques et leur sens dépendraient plus ou moins du mouvement de l'opinion, qui indique les besoins de la vie. Pour être vivants, les dogmes devraient varier, comme la société humaine, comme l'opinion, comme la vie.

A son tour, l'Église changerait, évoluerait. Le modernisme chrétien la considère comme une association humaine, dont les membres s'unissent par intérêt et dont le chef ne possède d'autre autorité que celle qui vient d'eux. D'après l'Encyclique, voici ce que les modernistes soutiennent : L'Église est « le fruit de la *conscience collective*, autrement dit de la collection des consciences individuelles... Toute société a besoin d'une autorité dirigeante, qui guide ses membres à la fin commune » et « qui, en même temps, par une action prudemment conservatrice, sauvegarde ses éléments essentiels, c'est-à-dire, dans la société religieuse, le dogme et le culte ». Aux temps passés, on croyait que l'autorité conférée à l'Église venait du dehors, c'est-à-dire de Dieu immédiatement. Mais les modernistes pensent d'une autre manière. Ils disent :

« De même que l'Église est une émanation vitale de la conscience collective, de même, à son tour, l'autorité est un produit vital de l'Église... Nous sommes à une époque où le sentiment de la liberté est en plein épanouissement : dans l'ordre civil, la conscience publique a créé le régime populaire. Or, il n'y a pas deux consciences dans l'homme non plus que deux vies... Il y aurait folie à s'imaginer que le sentiment de la liberté, au point où il en est, puisse reculer. Enchaîné de force et contraint, terrible serait son explosion; elle emporterait tout, Église et religion ».

Si l'homme n'est instruit que par ses sentiments, par les besoins de la vie et par les plus vagues instincts (*Immanence*); si les dogmes changent et si l'Église doit changer (*Évolution*), comment peut-il s'assurer qu'il possède la vérité religieuse, ou, du moins, une suffisante portion de cette indispensable vérité? Réponse : au moyen de l'*Expérience individuelle*.

C'est là conclusion pratique de tout ce que les modernistes enseignent à propos du sentiment. D'après eux, le sentiment religieux contient et, assez vite, révèle « une certaine intuition du cœur, grâce à laquelle, et sans nul intermédiaire, l'homme atteint la réalité même de Dieu ». Cette intuition, disent-ils, procurerait la certitude de l'existence de Dieu et aurait plus d'autorité que n'importe quel raisonnement. Mais on n'indique pas les règles à observer pour que l'expérience réussisse. En revanche, il est visible qu'elle échoue continuellement.

Elle échoue tout à fait parmi les positivistes, qui forment un monde très étendu et très influent. Pendant les trente dernières années, ce monde-là a dirigé la politique française. Il a donné un appui décisif au programme laïcisateur, qui a répandu l'athéisme à travers la France. Et cependant, les positivistes ont le sentiment religieux. Ils réclament pour leur doctrine le nom de religion; et ils prétendent établir la religion de l'humanité. Ils ont même un culte et des sacrements. Tout cela leur est enseigné par le « cœur », dont l' « esprit » est simplement le « ministre », comme Auguste Comte l'a décidé. Or, la religion sentimentale et l'expérience religieuse des positivistes ne les conduisent pas du tout à croire en Dieu. De parti pris, les uns sont hostiles; les autres, indifférents. Loin de leur révéler Dieu, l'expérience religieuse, telle qu'ils la pratiquent, les habitue à se passer de lui.

Et même quand elle est faite par des hommes qui croient en Dieu, sans avoir d'autres règles, elle peut favoriser une erreur très grave. Car l'expérience, ainsi envisagée et ainsi appliquée, entretient l'idée que toutes les religions qui admettent Dieu se ressemblent et se valent. En effet, si le sentiment et l'expérience suffisent à tout, la doctrine catholique risque d'être mise sur le même rang que le mahométisme et le bouddhisme. Les disciples de Mahomet et de Bouddha possèdent le sentiment religieux et pratiquent l'expérience religieuse. Si l'essentiel se réduit à cela, ils n'ont guère besoin de chercher d'autre lumière; et ils sont, comme nous, dans la vérité. L'Encyclique fait ressortir cette conséquence désastreuse :

« De quel droit les modernistes dénieraient-ils la vérité aux expériences religieuses qui se font, par exemple, dans la religion mahométane? Et en vertu de quel principe attribueraient-ils aux seuls catholiques le monopole des expériences vraies? Ils s'en gardent bien; les uns, d'une façon voilée; les autres, ouvertement, ils tiennent pour vraies toutes les religions. »

Le même procédé, le même impressionnisme qui leur suffit pour distinguer ce qu'ils appellent la vraie foi, ils le mettent en pratique pour apprécier les traditions. Celles-ci, orales ou écrites, ne seraient encore que l'expérience transmise d'âge en âge. Mais il y a des traditions qui s'éteignent et qui disparaissent... Eh bien! la conclusion n'est que trop facile : la vraie religion, c'est celle qui continue d'avoir des adeptes. Donc, d'après ce principe, le mahométisme, le bouddhisme et le fétichisme seraient aussi vrais que l'enseignement chrétien, puisqu'ils durent encore.

Et l'histoire? Elle ne connaît rien du dogme; et pas davantage du miracle. Quand elle rencontre des faits réputés ou déclarés miraculeux, elle refuse de les considérer à ce point de vue; puisqu'elle n'examine que ce qui est humain. Ainsi les miracles accomplis par Jésus-Christ passent pour n'avoir pas de réalité historique. La foi les affirme tant qu'elle veut; mais l'histoire, c'est-à-dire la raison, ne s'occupe pas de ces faits, excepté pour les déclarer légendaires ou chimériques.

La science non plus ne connaît pas les miracles ni les dogmes. Cependant, elle les juge d'après ses théories, qui évoluent, c'est-à-dire qui changent, et qui ont bien le droit d'évoluer à leur guise! Doctrinale ou historique, la foi finit par être subordonnée à l'évolution humaine. La vérité surnaturelle et le fait miraculeux sont soumis au contrôle des théories scientifiques nouvelles, bien que celles-ci puissent être abandonnées demain, pour d'autres, qui, sans doute, auront le même sort.

On a essayé d'introduire cette méthode dans la théologie, au moyen de l'*immanence* et du *symbolisme*. L'immanence moderniste est tirée d'un principe vrai : Dieu est plus présent à l'homme que l'homme n'est présent à lui-même. Ce principe vrai, certains théologiens modernistes en abusent au point de méconnaître l'élément surnaturel introduit dans l'homme par l'action divine. Ils attribuent à la nature humaine des tendances qui se manifestent là, en effet, mais qui ne sont là que sous la forme d'un secours divin complémentaire.

Quant au symbolisme, il absorbe toutes les réalités divines et les transforme en simples images. A lire les modernistes, on croirait qu'il n'y a que l'homme qui soit vraiment réel.

De la sorte, les sacrements se réduisent à des signes et à des figures. Et l'interprétation des livres sacrés se règle sur les théories et sur les impressions de l'esprit humain.

Et quand l'Église intervient pour avertir et pour condamner, que fait le moderniste? Il s'enorgueillit d'être frappé. Le malheureux Père Tyrrel a soutenu que l'excommunication peut être « séduisante et honorable » pour le chrétien qui en est l'objet. Il l'a appelée « un feu, un moyen de sanctification! »

Puisque l'évolution est la loi universelle, l'Église devrait évoluer, aussi bien dans sa doctrine que dans son autorité et dans son organisation. Les dogmes évolueraient suivant une série indéfinie de progrès; et chacun de ces progrès serait un accroissement de la part de l'homme dans la manifestation de la vérité. L'homme exercerait une continuelle reprise de ses droits. Il la mesurerait sur les nécessités et sur les besoins du moment, selon l'impulsion de sa conscience, selon la lumière que lui a procurée l'expérience qu'il a faite déjà et qu'il poursuit.

Mais alors il n'y aurait plus ni Église, ni religion! C'est la conclusion que l'Encyclique met en évidence, après avoir exposé et réfuté la série d'erreurs engendrée par l'amour de l'esprit moderne. Dans le document pontifical, tout s'enchaîne selon une logique rigoureuse. Nous devons faire rémarquer que, jusqu'au jour où le Saint-Siège s'est prononcé, beaucoup d'hommes distingués, des protestants comme des catholiques, se plaignaient de ne point parvenir à saisir le caractère principal et général des théories modernistes. Depuis, on distingue aisément en quoi elles consistent, d'où elles viennent, où elles tendent. C'est l'autorité romaine qui a fait la lumière pour tout le monde.

En effet, l'Encyclique montre comment se comportent les divers représentants du modernisme. Elle peint et elle redresse un à un ces « personnages », c'est-à-dire le philosophe, le croyant, le théologien, l'historien, l'apologiste, le réformateur ; chacun occupé à une besogne spéciale, mais sous une impulsion commune. Cette impulsion est donnée par ce qu'on appelle l'*agnoscitisme*, la fausse philosophie qui déclare que la raison humaine est incapable de prouver l'existence de Dieu. De là viennent quantité d'autres fausses conceptions appliquées au dogme, à la tradition, à la discipline. La restauration de la véritable philosophie s'impose donc plus que jamais. Le Pape Pie X renouvelle à cet égard les prescriptions que Léon XIII a tracées ; et il les fortifie par des mesures nombreuses. Celles-ci concernent d'abord les études faites dans les séminaires : études de philosophie, de théologie, d'Écriture Sainte, d'histoire ecclésiastique ou profane et de sciences naturelles. Ensuite elles établissent dans les diocèses la censure des ouvrages et des écrits quelconques entachés de modernisme.

III

La raison et la foi.

Chose curieuse : l'ambitieux modernisme est né d'une doctrine qui semblait (et qui semble encore) enseigner la modestie.

En effet, retirer à la raison humaine le droit de prouver l'existence de Dieu, c'était accuser la raison d'incapacité et de faiblesse. C'était lui infliger un cruel abaissement et une rude leçon d'humilité. Cette raison, qui, autrefois, croyait s'élever par ses propres forces jusqu'à Dieu, se voyait désormais privée d'un tel honneur. La voilà donc déchue de sa plus haute faculté et sommée de se taire sur les arguments qu'elle se glorifiait d'avoir imaginés. Quelle invitation à pratiquer la modestie !

Mais la modestie est une vertu assez rare chez les philosophes. Souvent, ceux qui la prêchent désirent beaucoup se dédommager du sacrifice qu'elle leur impose. Ils méditent sur le moyen de reprendre indirectement tout ce qu'ils ont l'air d'avoir abandonné par scrupule et de bon gré. Et puis, près de la modestie inquiète ou ulcérée, veille l'insidieux sophisme. Celui-ci ouvre à l'amour-propre et à l'orgueil une voie où ils vont chercher quelque revanche.

Ainsi a fait la philosophie kantienne, mère du modernisme. Son histoire contient un saisissant exemple des désordres qu'une idée fausse peut déchaîner, non seulement parmi les gens cultivés, mais aussi dans la foule quelconque. Le sophisme se développe sous la forme du raisonnement; il construit des théories et des doctrines qui remplissent l'atmosphère où vivent les esprits et les âmes. Par degrés, insensiblement, il descend, il glisse des sommets où quelques penseurs l'ont élaboré. Il se mêle à la vie courante. Il emploie des maximes familières qui le propagent comme une contagion. Depuis un siècle, les peuples respirent la philosophie kantienne. Le kantisme a stimulé la longue entreprise de laïcisation, à laquelle il a fourni le plan et la formule d'une morale nouvelle. Aujourd'hui, il règne jusque dans l'enseignement primaire. La politique et la pédagogie sont pleines d'orateurs, de professeurs, de simples bavards qui invoquent le kantisme et qui ne pourraient pas indiquer une seule des prétendues *antinomies* dont Kant s'est servi pour détourner de Dieu la raison humaine. Assurément, aujourd'hui, le kantisme est en décadence, mais seulement parmi les esprits cultivés. Ceux-ci se rendent compte que la morale kantienne est une chimère; et ils avouent qu'il y a de graves erreurs dans la philosophie où elle a pris naissance. Mais, généralement, le sophisme principal subsiste. Le nombre est grand des gens qui sont encore convaincus que la raison humaine ne prouve ni l'existence de Dieu, ni l'existence du libre arbitre, ni l'immortalité de l'âme.

Kant n'était pas athée. Il voulait espérer que la croyance toute seule sauvegarderait les principes que, suivant lui, la raison ne pouvait plus garantir. En apparence, il augmentait le rôle de la foi et il rappelait la raison à la modestie. Sans doute, le génial Kant était plus ou moins sincère. Les grands esprits, comme les simples, peuvent subir l'illusion, même l'illusion impardonnable et destinée à devenir désastreuse.

Donc, il y eut une période de modestie (modestie douteuse) suivie d'une longue réaction passionnée.

La raison avait consenti à être déclarée incapable de prouver Dieu, le libre arbitre, l'âme immortelle; elle avait accepté de subir une déchéance; et elle s'admirait d'être si modeste... Bientôt après, elle songea que, puisque ces principes ne se trouvaient pas en elle, c'est qu'elle pouvait s'en passer. Elle s'en désintéressa. De là à les traiter de chimères, le pas était facile. La raison le fit volontiers. Alors, elle s'aperçut que son court abaissement lui procurait l'avantage d'être libre. Elle n'avait plus à se soucier de Dieu. Même, elle prenait la place de Dieu, puisqu'il fallait toujours une autorité et puisque Dieu ne s'imposait plus. Voilà donc l'homme émancipé, indépendant, bientôt souverain. Quelle revanche! Les penseurs, et aussi les gens qui ne pensent pas, célébrèrent l'événement qui allait leur permettre de se comporter à leur guise. Ce fut une ivresse comme il ne s'en était pas vu depuis les jours de la mauvaise Renaissance, enthousiasmée, elle aussi, autrefois, par le culte de l'homme. L'ivresse dure encore. Incalculable est le nombre des philosophes, des moralistes, des amateurs, qui se sont lancés dans la voie ouverte par les sophismes de Kant. Bien entendu, les adeptes ont innové à leur tour. Le grand révolutionnaire intellectuel contemplerait aujourd'hui avec stupeur et avec horreur la dévastation accomplie par ses disciples.

Déséquilibrée, affolée d'orgueil, jetée en plein

hasard, la raison traverse une série de déceptions.

Et le sentiment, que la raison moderne appelle à son aide (puisque, d'après Kant, c'est l'unique ressource), le sentiment subit la même détresse, ne se connaît plus, et balbutie d'étranges propos. Privé du concours de la raison, il en arrive à se confondre avec les instincts obscurs. Nous en sommes là aujourd'hui. La conscience elle-même se cherche dans l'abîme de l'inconscience. Ce sont les impulsions les plus vagues et les plus sourdes qui passent maintenant pour les règles véritables, propres à conduire le cœur, la volonté, la raison, et à juger toute chose, y compris le dogme. On prépare ainsi une espèce d'illuminisme, où se brouillent ensemble la raison et la croyance, auxquelles le kantisme avait promis de réserver à chacune leur rôle, en les séparant radicalement. L'illogique et injuste rupture a produit le pêle-mêle.

Assurément, la vieille philosophie, la philosophie traditionnelle (celle dont le modernisme ne veut plus) considère comme deux puissances distinctes la raison et la foi. Mais, ici, cette distinction n'est nullement poussée jusqu'à la rupture. Très distinctes l'une de l'autre, la foi et la raison tiennent cependant l'une à l'autre. Elles se rejoignent, elles se touchent, elles communiquent par l'idée de Dieu, qu'elles possèdent l'une et l'autre; et par les règles de la certitude, règles que la raison fournit à la foi.

Il y a quinze années environ, un éminent religieux discutait avec un protestant moderniste[1]. Il

1. Le *Mois bibliographique*. Recueil disparu, alors dirigé par les Bénédictins de la Congrégation de France. Quatre articles furent pu-

lui expliquait que la foi s'appuie d'abord sur la raison. Il disait : « Je n'ai nul souci d'un acte religieux, ni d'une religion, qui ne se soutient pas devant ma pensée et devant la pensée d'autrui. Après tout, c'est à ma raison qu'appartient le sceptre de ma vie; et il n'est nécessaire d'être religieux que si la religion est vraie. Je ne veux pas d'une foi et d'une religion que je n'oserais pas regarder... Notre religion, à nous, ne s'isole pas de notre intelligence; et notre acte de foi lui-même est encore un acte de raison. »

Oui, la raison humaine, s'avançant et s'élevant de démonstration en démonstration, aboutit à concevoir Dieu comme l'Être nécessaire, de qui tout dépend et qui ne dépend de rien; comme la cause première sans laquelle il n'y aurait pas de causes secondes; comme l'auteur des lois universelles, qui ne peuvent résulter du hasard, puisqu'alors elles ne seraient plus des lois; comme la vérité absolue, comme la bonté absolue d'où viennent et où tendent toutes les vérités relatives, toutes nos bonnes inspirations; bref, cause et fin universelles, sans lesquelles la nature et l'humanité ne signifieraient rien et n'existeraient pas. Arrivée à ce point, la raison humaine ne peut s'élever plus haut, par ses seules forces. Mais, alors, elle se trouve au seuil de la foi. Celle-ci, lui procurant des lumières nouvelles, lui enseigne la Trinité et l'Incarnation, qui dévoilent des vérités sublimes sur la vie de Dieu et sur la destinée de l'homme. La Trinité et l'Incarnation, c'est la foi, et uniquement la foi qui nous les révèle. Cette révéla-

---

bliés sur cette question. L'auteur ne les avait pas signés; mais les lecteurs qui savent comment il écrit, ne manquèrent pas de le reconnaître.

tion s'adresse à des esprits qui sont capables de la goûter et de s'en nourrir, puisqu'ils possèdent déjà l'idée élémentaire du Dieu dont elle leur parle. Mise ainsi en contact avec les influences surnaturelles, la raison continue de remplir son rôle, sous la direction de la foi. Les deux puissances travaillent de concert. Leur collaboration réciproque manifeste l'harmonie qui les tient associées.

IV

Chaque chose à sa place.

L'harmonie est compromise ou détruite lorsque les choses ne sont pas à leur place et lorsque les unes prennent la place qui appartient à d'autres.

Dans le modernisme, tout n'est pas faux; mais on y remarque partout un esprit d'exagération qui développe sans mesure certains principes vrais et qui les gâte, au préjudice d'autres notions essentielles. C'est ainsi, ordinairement, que commencent les plus graves erreurs. Elles naissent de quelque vérité mal comprise, exagérée, puis dénaturée. Au fond de toute erreur il y a quelque chose de vrai, du moins jusqu'à un certain point. On abuse d'une vérité quand on l'amplifie sans mesure; quand on essaie de la mettre au premier rang, tandis qu'elle doit rester au second, ou même beaucoup plus bas. C'est ce qui a lieu souvent à propos des sciences. Chaque découverte, physique ou chimique, provoque un enthousiasme qui fait dire que l'homme est enfin devenu le maître de la nature, tandis que, en réalité, la nature continue de lui imposer des lois. Tantôt, les savants mettent à la mode la matière; puis des penseurs déclament en l'honneur de l'esprit humain; aujourd'hui, c'est le sentiment et même le sentiment pour ainsi dire instinctif qui est porté aux nues. Sans doute, le monde matériel, l'esprit, le sentiment, la conscience et la sub-conscience méritent bien d'être étudiés et ils donnent lieu à quantité d'observations curieuses ou admirables ; mais quand ils excitent par trop l'imagination et la passion, ils produisent des théories absurdes.

Facilement l'exagération devient funeste, si elle s'applique aux doctrines philosophiques ou religieuses, puisque là le désordre est un acte révolutionnaire.

Ainsi, l'immanence, l'expérience et l'évolution, ces idées contiennent du vrai et même parfois beaucoup de vrai ; mais il faut veiller à ne pas leur assigner un rôle pour lequel elles ne sont pas faites, et surtout à ne pas leur attribuer la souveraineté, alors qu'elles ne peuvent occuper qu'un rang secondaire et une place restreinte.

L'immanence existe, Dieu est présent en nous ; et l'on a le droit, à ce sujet, d'amasser des observations et des réflexions qui rempliront de gros volumes et toute une bibliothèque ; c'est un sujet inépuisable... comme tous les sujets d'ailleurs. Mais, si fiers que nous puissions être de sentir l'action de Dieu sur notre âme, nous devons toujours nous rappeler qu'Il est la puissance infinie et que nous sommes de très faibles créatures, destinées à être gouvernées par l'autorité religieuse qu'Il a établie. Quand nous nous avisons de faire les docteurs et les prophètes, nous commettons un acte révolutionnaire.

L'expérience des vérités religieuses, assurément tout homme scrupuleux la fait, avec plus ou moins d'attention, de droiture et de succès. Comme le dit M. l'abbé Élie Blanc : « La bonne disposition du cœur est ordinairement nécessaire pour la perception d'un grand nombre de vérités morales et religieuses. Nul ne contestera au moderniste la valeur de la *méthode morale* bien comprise. Elle est reconnue par tous les philosophes chrétiens : il faut aller au vrai avec toute son âme, aimer le bien que l'on connaît afin de mieux le connaître encore et de découvrir celui que l'on ignore, pratiquer son devoir dans toute la mesure où il se révèle, afin de n'en rien ignorer et de le suivre jusqu'au bout de ses exigences... Mais ces dispositions morales ne comportent d'aucune manière cette expérience religieuse *souveraine* qui est affirmée par les modernistes, cette intuition du cœur qui permettrait d'atteindre la réalité même de Dieu [1]. » En effet, nulle expérience ne peut permettre de dire que les passions, les penchants, le tempérament des individus composent la religion universelle ; ni que les formules dogmatiques sont des vases vides où chacun met ce qui lui semble bon ; ni que la société humaine, désirant modifier l'enseignement et le gouvernement ecclésiastiques, ait ce droit et cette capacité. Par amour de l'expérience, on oublie qu'elle doit rester soumise à des règles qu'elle n'a pas choisies, et qui existaient avant elle. L'exagération conduit à transformer l'expérience en une fantaisie capricieuse, c'est-à-dire juste le contraire de l'expérience raisonnable, digne de ce nom.

L'évolution est vraie elle aussi, mais quand elle se maintient dans ses propres limites. Or, les limites, on s'obstine à les supprimer ; et voilà au moins cinquante ans que se poursuit cet effort injustifiable. C'est peut-être là que l'absurdité et le péril de l'exagération se remarquent le plus facilement. Après avoir confondu la nature et l'humanité dans une imaginaire évolution universelle, on veut que les

1. Revue *La Pensée contemporaine*, 25 mai 1908.

dogmes, eux aussi, subissent la même loi. L'évolution bien comprise, c'est le mouvement, c'est l'activité. L'antique et véritable philosophie a toujours enseigné que l'activité existe partout; mais sans que nulle chose se transforme en une autre, d'espèce différente. Néanmoins, à force d'exagérer ce qu'il y a de vrai dans la théorie de l'évolution, on en est arrivé à dire que le mouvement mécanique peut produire la vie végétale; celle-ci, la vie animale, puis, la conscience, où l'évolution produirait la vie surnaturelle! Par respect pour l'esprit moderne, l'Église devrait s'accommoder de pareilles théories! Et ce ne serait pas tout, encore, puisque les théories scientifiques et la philosophie nouvelle changent continuellement, comme la mode.

D'exagération en exagération, certains modernistes sont amenés à dédaigner toute idée un peu précise. Ils ne conçoivent la vérité que sous une forme très vague, mobile, fuyante. D'après eux, la solidité et la précision seraient des signes d'erreur manifeste. Nos actes irréfléchis, nos impulsions confuses, celles qui précèdent l'éveil de la conscience nous instruiraient mieux que le raisonnement et l'Évangile! M. l'abbé Roure a caractérisé avec beaucoup de justesse ce pauvre et funeste procédé employé par des modernistes : « Sous prétexte de ne pas porter atteinte à la vie de la pensée, il (le modernisme) s'élève contre toute dissection analytique. Sous prétexte que les concepts ne sont que des pièces d'anatomie inanimées, il présente des sujets inarticulés où l'on a effacé tout le relief de l'ossature... Dans l'architecture élancée et vivante des XIIIe et XIVe siècles, toute la nature végétale s'épanouit en une vigoureuse floraison; le mouvement, la force en action, la vie s'harmonisent avec une impression de stabilité. Certaines façades *modern style* n'offrent que des lignes ondoyantes et fuyantes, la morbidesse de molles végétations aquatiques, les enroulements de vapeur à la grâce nonchalante qui s'échappent du calumet d'un fumeur oriental. En face du réalisme sain de la scolastisque, l'idéalisme flottant du modernisme a quelque chose de morbide[1]. »

Bien entendu, c'est un travail intéressant d'examiner ce qui se passe dans les mystérieuses profondeurs de notre âme. Mais il ne faut pas que ce souci nous fasse préférer la région des ténèbres au monde éclairé par l'intelligence et par le dogme. Chaque chose à sa place et dans ses limites, telle est, en abrégé, l'enseignement que contient l'Encyclique, magistrale leçon de mesure, d'ordre, et par conséquent de vérité. Faute de cette lumière, on ne trouve d'autres flambeaux que ceux de l'illuminisme trompeur. L'illuminisme est à la mode ; mais il passera, comme tant de modes fâcheuses ou malsaines dont l'Église a délivré le genre humain.

1. *Études*, 5 février 1908.

BIBLIOGRAPHIE

Les personnes qui souhaitent d'étudier la question du modernisme pourront consulter utilement les ouvrages qui suivent :

L'Encyclique *Pascendi Dominici gregis* et le Décret *Lamentabili sane exitu*, textes latin et français, suivis d'une table alphabétique détaillée avec renvois précis aux textes, dressée par l'abbé ÉLIE BLANC, prélat de la Maison de S. S., professeur de philosophie à l'Université catholique de Lyon (Lethielleux).

CARDINAL MERCIER, *Le Modernisme* (Lecoffre).

Mgr FARGES, *La Crise de la certitude* (Berche et Tralin).

R.-P. WEISS, *Le Péril religieux* (Lethielleux).

P. LEBRETON, *L'Encyclique et la théologie moderniste* (Beauchesne).

P. DE TONQUÉDEC, *La Notion de Vérité dans la philosophie nouvelle* (Beauchesne).

M. LEPIN, *Christologie* (Beauchesne).

M. BRICOUT, *La Vérité du catholicisme* (Bloud).

P. MAUMUS, *Les Modernistes* (Beauchesne).

TABLE

TYPOGRAPHIE FIRMIN-DIDOT ET Cie. — PARIS.